KB124358

# 세월 아이

세월 아이

---

**초판 발행** | 2021년 10월 5일
**지은이** | 천영필
**펴낸곳** | 도서출판 말벗
**펴낸이** | 박관홍
**등록번호** | 제 2011-16호
**주소** | 서울 영등포구 문래로4길 4 (204호)
**전화** | 02)774-5600
**팩스** | 02)720-7500
**메일** | mal-but@naver.com
www.malbut.co.kr
**ISBN** | 979-11-88286-21-8(03810)

값 10,000원

---

하림시인선 05

# 세월 아이

천영필 시집

말벗

## 시인의 말

정말 어이없는 바이러스인 코로라19로 힘든 시간을 보내고 있다. 나뿐만 아니라 우리나라 모든 국민이 함께 고통스러워하고 있다.

하지만 지나고 보면 순간일 것이리라.

하루빨리 이 업보의 찰나에서 벗어나길 고대하며 그동안 써온 시들을 다시 엮어 보았다.

뭔가 남겨 보려고 수년간 생산한 편린(片鱗)들을 정리하는 일이 나름대로 의미 있어 보였다.

늘 그렇지만, 어쩌면 이번이 마지막이라는 심정으로 최선을 다하지만 여전히 부족한 느낌이다.

대가들이 다 작품을 완성하는 데 수정과 교정을 거듭하며 역작을 만들어낸다지만 역시 쉬운 일은 아니다.

항상 지나고 보면 쓸데없는 말잔치가 되어 버린 것 같아 씁쓸하다.

아마 그 이유는 우리 한글의 언어적 특성 때문이 아닐까 싶다.

시는 그냥 언어가 아니기 때문이다.

시는 넋두리가 아니며, 시는 길게 쓸 필요도 없고, 더욱이 짧아야 하는 조건도 없다.

시는 전달하고자 하는 주제를 적확하게 명징하게 나타내야 한다.

그러나 그 반대일 경우도 있다. 그래서 그것이 쉽지는 않다.

그동안 함께한 모든 분들께 감사드린다.

2021년 9월

하늘재 산인 천 영 필

# Contents

## 1부 카스테라

## 2부 바람도 부대껴야 운다

*Contents*

## 3부 길들여진다는 것

## 4부 알아듣게 말해

*Contents*

## 5부 아버지의 술

# 1부
# 카스테라

## 을왕리 해수욕장에서

乙往리
새가 오가는 곳

쇠로 만든 새가
오가는 곳

우리 조상들은
어찌 미리 알았을까

세계 제일의
선진공항이
만들어질 줄

## 환생

우주는
나를 중심으로
돌아갑니다

지구 떠나면
어느 별에서
이어갈지…

## 강등

소주 빨간 거 하나
일등병

일등병에서 강등합니다
이등병으로
ㅋㅋㅋㅋ~
ㅎㅎㅎㅎ~

## 소요산 主

소요산의 주인은?
요석 공주?
원효?

아니다
아니다

소요산행
열차를 타는
분들이다

## 하나님

그녀의 하나님은
그 남자

그의 하나님은
그녀

## 천만 원의 사치

사치다
10,000,000원도

사치다
1,000,000원도

사치다
100,000원도

사치다
10,000원도

사치다 1,000원도

사치다
100원도

쓰임대로 해야지

## 반주 吟

깡소주 한 병에 닭곰탕 한 뚝배기
송해길 종로교자 곤한 맘 달래는데
평생에 즐겨할 날은 오늘 아닌 언젤까

## 카드기 수리

늦 조반 먹고 나니 죽었단 소식 오네
후다닥 달려가서 화타로 살렸지만
코로나 죽인 바람을 어떻게 살려내나

## 백 원짜리 주세요

송해길 건너는데 예수님 청하신다
나에게 주신 복을 못 본 척 못 들은 척
영접을 아니한 이 맘 송곳으로 찌른다

## 선

선 하나가 신고식이다

곧고 가지런히 직선을 긋다
새 거라고 자랑
어차피 새 거란 의미가 없다
바람 맞고 비 맞고 눈총 맞고
질타에 시달리다
파선이 되고
실선이 되고
흔적도 없이 사라져도
그만 그만하다

무슨 흉허물
하늘도 아프면 찡그리고 눈물 흘리다
바람에 맞으면 휘파람 키우다

그래, 그래, 그렇다
파선이 되다
세상은 아무 일 없이 잠잠해지다
누가 뭘 그랬냐는 듯 시치미 뚝 떼다

선 따라 가다
산을 만나서 가다
산 따라가다
물을 만나다

물 따라가다
둑을 만나
다둑 따라가다
선을 만나
다선 따라가다
풍덩

## 테트라포드

방파제 안고 통정하는
희허어연
테트라포 드둘의 사랑 노래* 끝이 없다
가랑이 사이로
밀착과 깊은 애정이 참으로 놀랍다
나의 파도는 아무 것도 아니다
노도의 파도를 일으켜
공략하지만
자신의 울음소리에 지나친다
워어이잉 워어이잉 워어이잉
밤낮없이 저음으로 이어질 뿐
격노에 이르는 절규일까 외침일까
수백 수천 날의 밀려오는 파도에
에너지를 보태
뒤집어 헤집어놓을 뿐
대해 바닷가 항구
방파제와 그의 사랑은
나의 숨결 조화롭다

---

* 풍우대작하는 날 방파제 둘러 안고 있는 테트라포드들 다리 사이로 나오는 바람소리

## 팔월 맞나 비

칠월은 무얼 하였나
아무 생각 없이
초하루부터
말일까지
바람 따라 시류 따라
쏠려 다니지 않았나 비

이곳이 부르면
아무 생각 없이 가고
저곳이 부르면
예 하고 달려가선

줏대가 없다고 하면
그렇노라 하고도
대체가 지조는
어디에 버렸나

그래도 세월 오시니
팔월은 맞나 비

## 첫 인사

깃발을 앞세우고
새벽을 달려와

선풍기 언어로
위로를 건네고

시원히 풀어낸
품앗이 인사말

빨래들은 춤으로
화답하는

새근새근 아기 잠든
한적한 아침

## 지구의 소리에 귀 기울여라

이십일 동안의 호우로
중국이 난리다 전시다
5천만 명이 이재민이고
수십만 명이 실종 사망하였다

일본은 엎친 데 덮친 격으로
홍수에 화산까지 여남은째 분출하고
지진이 이어지고
해일의 전조현상도 보인다

우주에 떨어져 나온 혹성 하나
지구는 수억 년 동안 불덩이였다
수억 년 동안 비바람과
쏟아지는 혹성우를 맞으며 단련되었다
그리고 이백만 년 동안 비가 내렸다

45억 년 동안 환경이 조성되어
겨우 인간 등의 생명체가
탄생한 것도 기백만 년 전이다
그리고 수억 년의 빙하기가 덮쳐
온 생명체가 멸종되었다

다시 탄생한 생명체와 식물로
지상을 채웠다

이제 기억 년도 못 되어
지구는 쇠퇴하여
먼지와 가스 구름으로 부풀어
초신성으로 사라져 갈 것이다

문명도 부질없고
남녀 간 미투도 쓸모없고
정치꾼들의 혼전과 이전투구
또한 아무것도 아니다

지구가 꿈틀대는
이 소리를 듣는
시인만이 승천 영생하려나?

## 반찬국[飯饌湯] 씨

입을 향해 경주한다
'세상의 모든 것은 입으로'

살기 위해 먹나
먹기 위해 사나
생사를 걸고 내기한다

밥으로만 살 것이 아니라
말씀으로 살지니
말이 밥이 되고
밥을 위해 말을 하는 아이러니

목사님도 말씀[福音]으로 살아가고
스님도 경(經)으로 살아가지
나는 밥과 술로 산다나

대중과 중생은 우매하여
이러지도 저러지도 못한 채 살고 있다

찬이 있어야 밥을 묵노
국이 있어야 밥을 묵노
아니다, 아니다, 아니다
들어 줌으로써 살아간다

무거운 생의 짐을 들어 주고
풀리지 않는 괴로움을 들어 주며
서로가 사는 것 아닌가

반찬국 씨
그대는 위대하게 하지만
더 위대한 건 더불어 나누며
함께 사는 게 아닐는지

## 구멍

문어 사냥에 나서려면
구멍 숭숭 뚫린 도기들을 줄줄이
매달아 도처에 내려놓으면 된다

시간을 두고
걷어 올리면 구멍마다 한 마리씩
문어가 들어앉아 있다
이리 잡히는 꼴이 될 것인데
공(孔)을 잊지 못하고
오매불망 사랑한 탓에
구멍 주인을 따라가게 되었다

여기 수컷들도 페로몬 향 따라
구멍을 탐닉하다 보면
그 주인인 여리디 여린 여성에게
포로되어 평생을 모시는 신세이니
문어와 닮은 꼴 인생이 아닐는지

## 꽁치 시락 국수

구룡포 선창에서 멀지 않은 시장
오래된 국수집

파는 건 4000원 짜리
시래기와 꽁치 다진 완자 든
꽁치 시락 국과 꽁치 시락 국시

60년대
힘들게 세월을 보내던
새벽 배를 타야 했던
남정네들이 먹고 힘을 내던
그 음식

빠져나간 자리엔
여편네와 아이들이 자리 이어 배를 채웠다

이제 둘째를 바다에 묻고
꺼억꺼억 가슴을 치는 노구
며느리에게 대물림하고
뒷전에서 챙기며 만족해한다
육십년을 지켜온 시락 국시 집 가서
그 아들 몫으로 후루룩 한 그릇 마시고 싶다

## 그래도 그때가 그립다

우리 증조할아버지
'탕탕'
장죽을 치신다
"야! 이놈아 꾹꾹 눌러 담아"
"네"
"난 이 장죽 빨뿌리에 담배를 꾹꾹 눌러 담았다"

"어서 불을 붙여, 이놈아!"
화로에서 불씨를 갖다 얹었다
쭉욱 빠시며
"나가 있어라"
"네"

"오소리 잡겠다"*

그 당시의 실제 상황

* 증조부 방은 도배를 매년 해도 누렇게 변해 있었다. 삼년상 나는 동안만은 깨끗했다는 기억이 있다.

## 물 많아도 탈

오늘부터 장마 시작이다
하늘재 계곡 아래 신북천에
용뭇 저수지가 생겼는데

그 여파로 인해
과수 농작물 생산이 떨어지고
어르신들 건강에도
문제가 생기기 시작했다고

문제는 습한 것인데
관절에 미치는 영향이 있다고
물이 좋은 면도 있지만
이런 폐해도 있네

바닷가에 사는 사람도
너무 습해 적응이 어렵다는 분도 있고
호숫가에 사는 사람도
이러한 문제로 고통을 호소하고 있다

우리는 물이 없으면 또 문제요
물이 많아도 문제니
이를 어쩌면 좋단 말인가
적당한 게 어떤 건지 모르겠다

## 카스테라

"카스*가 오천, 테라*가 오천"
이러면 알아들었을 텐데

"카스테라 오천씩 넣어주세요"
하니 당최 알 수가 있겠나

좀 알아듣게
서두르지 말고
말하게나

이젠 맥주를 카스테라라 합니다
맥주 이름도 시대 따라 가나 봅니다

---

* 카스 맥주 이름 나온 지가 좀 되어서 중년이 즐기고 있지요.
* 테라 맥주 이름 나온 지가 얼마 안 되고 탄산을 가미했다고 하네요.

# 2부
# 바람도 부대껴야 운다

# 여기 한 영혼을 받아주소서

여기 한 영혼이 아버지 곁으로 갑니다
오십 삼 년을
한국의 문경 하늘재와
그외 여러 곳을
전전긍긍하다가
그리 많지 않은 나이에
세상살이를 접습니다

부 천명철
모 김복록

두 분의 몸을 빌어 나와
이 두 분을 보내 드린 지
겨우 삼 년이 지나지도 않았는데

고모님들보다
형과 누나들보다 앞서서
뭐가 이리 바쁘게 서두르는지
알 수가 없습니다
하늘 아버지여
형제 천영훈을 받아주소서

## 쪽박 바꿔 쪽박 바꿔

검은 등 뻐꾸기
앞산에 날아와 밤새 울기를
이레째 하고 있다

시엄니 내준 쪽박 쌀로
밥을 해서 상 차리면
항시 며느리 밥이 없었다나

숭늉 누릉지마저
시엄니가 가져가면
생수 한 사발로 허기 감내했던
며느리가 죽은 후
한이 되어
두견새 되어 앞산에 날아와

두어 치레
쪽박 바꿔 줘 쪽박 바꿔 줘*
울면서
시엄니에게
한을 풀고 갔다나….

---

*혹자는 휘파람 새소리가 '홀딱 벗고 홀딱 벗고' 들린다고도 한다.

## 코로나의 역설

너무 글로벌하게 놀았다
이젠 그만 좀 방콕하란다

하늘로 너무 방방 날았다
이젠 그만 격납고에 잠시 쉬란다

너무 자주 만나 놀았다
이젠 온라인에서 놀란다

신천지 신천지 말란다
다단계 다단계 말란다

적당히 주위에서 사랑하란다
이웃사촌이 더 중하단다

## 낭중지추

붉은 맘 지키려는
독함 들킬까 봐
팔에다 손가락에다 가시를 숨기고
아무렇지도 않게 태연하게
달달한 대추알 품는다

## 말잔치

대선 판 선량들의 아무거나 말잔치다

어릴 적 우리 할무이 말씀이시다
"말로 떡을 하면  조선 팔도가 다 묵제"

요즘은 아무리 자기를 포장해도
곧 들통난다

바야흐로
말보다 진심이
돋보이는 시대 아닌가

## 바람도 부대껴야 운다

온 세상을 삼킬 듯한
토네이도도 부대끼는
대상이 없으면 일 풍일진데
거기에 걸려들면 말려 오르고
사정없이 내동댕이쳐진다

바람도 상대가 있어야 운다

## 성근 별 한 무리

담장 따라 둘러선 개나리
산길에 더문더문 생강나무
개울 따라 산수유 군락
어느 별서 보내온 사신인가

# 완도 미역

해수에 머리 풀어 짭쪼로미 살다가
한 허리 잘려나서 해풍광 단근질에
곱창미역 이름 얻어선 검은 황금 나누네

## 빌어서 온 나

빌어서 온 나는
빌어서 쓴다

그분의 명을 받아
부모님의 몸을 빌어
빈손으로 나와

숨 쉬는 폐 공기 빌고
웃고 우는 입 대역으로
인간으로 빌어 왔네.

시간도 빌어 오늘이란
24시간 선물로 받고
기쁨과 즐거움이란
감흥의 공간도 선사받았네.

유소년 시절도 빌어 살고
청장년 시절도 빌어 살았네.
빌어서 온 나는
그분의 명 따라
빌어서 돌아갈 거나

## 청빈한 가난

대물림된 것도 공통이고
부족함도 매한가지이지만
가난은 게으름에서 오고
청빈은 의지에서 비롯된다.

가난은 기피할 체면이지만
청빈은 흠모할 덕목이다.

권력 있는 놈이
청빈하기는 쉽지 않고

재물 있는 자가
인색하기는 다반사다.

## 객쩍은 환상

공룡능선을 오르다
천상의 화원 천화대를 거친다
여러 번 탐방했건만
매번 다른 모습이 오묘하다

괴이하게도
불이 한 무더기 타고 있는데
계속 같은 모양으로 번지지 않는다.
불을 끄려고 한 줌 모래 집어 고개 숙이는 순간
불기운이 느껴져 바라보니
작은 구멍에서 불이 나오고 있다.
불이 자연스레 난다더니

이런가 싶은 순간 머리카락이 쭈뼛거린다.
한시바삐 그곳을 벗어나려는데
동굴이 나타나며 커다란 돌문이 움직인다.
안을 보니 빛이 가득한 세상이 있다.
도망치듯 벗어나려 하자
돌 코끼리가 귀엽게 다가와 재롱부리다 말고
사람의 얼굴로 변하더니
이내 내 얼굴로 바뀐다.
그 순간 일순에 수억 겁을 지난 듯하다.
어쩌다 이런 객쩍은 환상이 빛어질까?

## 거리는 문제가 아니다

영월이라 주천강
주천면과 무릉도원면을 가르는

숙종 때 강가에 살던
박봉달과 그의 친구

하루가 멀다 하고 술잔을
주거니 받거니 기울였다

강물이 불어 부득불
각자 강둑에 주안상 받쳐 놓고
“여보게 한잔 함세”
서로 권하며 즐겼는데

마이애미 간 친구는
페이스톡 켜놓고
“여보게, 우리 한잔 함세”
문자로 권하며 즐긴다

옛날의 선비는 강 건너 바라보며 마셨지만
오늘의 우리는 대양 저편에서 건배한다.

## 바람이 바람에게

휘파람새가 한참 동안 재잘거리다
떠난 자리의 즐거운 여운

태풍이 쓸고 지나간 오사카에는
공포와 절망 그리고 한숨뿐

태풍 하면 찻잔 속의 그것도 있지만
나비효과란 말도 파생했다

참으로 바람에게 호소하노니
서로 사랑하면 어찌할까

# 새

붕새는 한 번의 날갯짓으로 구만리를 날지
눈 깜작할 새 빛은 지구를 일곱 바퀴 반 돌지

내 상상의 새는 하룻밤에 지구를 부수고
새로운 행성 몇 개를 더 만들지

앵그리버드가 재미있게 죽는 꿈을 꾸고
그 재미에 더해 다시 부활한다고

새 대가리가 무얼 알겠나
새 가슴에 무얼 품겠나
새 소리에 하루는 가도
어느새 안식의 알을 품겠나

하지만 새의 상상을 어찌 알리

## 경종(警鍾)에서 조종(弔鍾)까지

조그만 실수에는 경고
조금 큰 실수에는 징계
아주 큰 실수에는 징역형을

경종을 울릴 때 조심해라
이 부질없는 것들아
조종이 울리는 수가 있다

지구는 수없이 경종을 울리고 있다
작게는 호우,
홍수에서 산사태
그리고 강의 범람까지

크게는 화산 폭발, 지진, 해일
땅이 갈라지고 꺼지며
유사 이래 가장 세다는 태풍까지

누군가 경종을 울리고 있다
잘해 보라고!

## 고벽진 선생님

나는 길을 걷다가 구걸하는 사람을 보면
지나치지 못하고 지전 몇 닢 두고 간다

4학년 때 담임 선생님
은막 교대를 졸업한 풋내기셨다

수돗가에서 물 한 모금 들이켜고
철봉대, 미끄럼틀, 시소를
배회하는 점심시간이면
외톨이인 내게 다가오셨다

내 주머니에 동전 서너 개
쏙 넣어 주시고
씩 웃으시며 멀어지셨다

많지도 않은 연세에 서둘러 떠나신
선생님께서는 아직도 나를 돌보고 있다

## 부지깽이

누에 넉 잠 재우기까지는 결코 짧지 않다
부지깽이도 나서야 하는 오월 농번기
이모작 환경에 바삐 돌아쳐
누렇게 익어가는 보리 베어내고
논 갈고 서둘러 모내야 한다

뽕잎 실처럼 썰어 누에 키울 때
그냥 주는 다음 단계 지나고
뽕나무 가지째 채반에 올리면

소낙비 소리가 방안 가득하다
이후 넉 잠 들면 실 토해 고치 만들고
번데기 되어 쏙 들어앉는
다돈 기근 풀어주는 한 달 춘잠 농사
엄마에게는 더없이 소중한 자식들의 공납금 벌이
부지깽이도 뛴다는 농번기
가정 실습이 부지깽이였나?

## 산에서 길을 찾다

세상길 잃고 방황할 때 그에게 갔지
골몰에서 한발 물러나 보면
저만치 오라고 손짓한다
평소에 보이지 않던 그가 미소로 유혹한다
힘차게 뼈대 세우고 핏줄에 자양분 운반하면서도
굳이 드러내고 자랑하지 않는다

겸손도 배워라
그를 만나려면 첫 번째 한 걸음부터
서두르지 말라고 경고한다
누구누구 가리지 않고 모두 포용한다
다람쥐와 도토리도 공생한다
시원한 풍광이 있다
소나무가 바위를 조각낸다
물이 계곡을 깨끗이 닦아낸다
자연의 풍미를 한껏 껴안는 그
참 대단한 부자요 위대한 박물관이다
나를 방황에서 구해준 그
그대 향한 예찬은 끝이 없다

## 남자의 여자

둘이지만 둘이 아니다
보이지 않는,
끊어지지 않는 끈이 닿아 있다

대수롭지 않은 듯하지만 결코 그렇지 않다
유년이라 해도 상대는 엄연히 존재한다
외면으로 용기내지 못한다 해도
자기의 상대는 곤두서는 신경을 어찌하지 못한다

영원한 수컷의 존재인 웅(雄)인데
요원한 암컷의 존재인 자(雌)인데
성 정체성을 알아챈 이후 이미 시작한 밀당
일당천인 웅(雄), 일당백인 자(雌)
비로소 세상의 암투가 시작되었다
그것이 각기 본래의 모습이 아닐까

별이 하나가 아니듯
그 많고 많은 별에 노출된 자(雌)
나를 선택할 별은 어느 것이며
그 상대가 이 지구의 반이라면
나를 비난할 자 누구인가
남자에게 여자란
돌고 돌아치는 숨바꼭질이다

## 하늘재 여지도

푸른 하늘을 올려다본다
날고 싶다 올라간다
내려다보고 싶다 내려간다

또 날고 싶다
두 쌍 날개로 앞을 향해 난다
땅에 닿을 듯 말 듯 한 쌍 날개로 푸득푸득 난다
또 다른 한 쌍의 날개는 앞뒤로 휘저으며 난다
문득 그 시절로 날아오른다

성뚜리*를 넘어오는 바람이 찾아든다
말구리재를 넘는 연풍이 코끝을 간질인다
해가 대미산(大美山) 끄트머리에 걸렸는가 싶더니
중천으로 치닫는다

화전촌 양철지붕이 눈부실 때가 되었지만
굴뚝에 밥 짓는 연기 한 올 오르지 않는다
그 대신 아이 칭얼대는 소리 커간다
이에 장단 맞추듯 뻐꾸기 울고
핏빛 물든 참꽃이 벌 나비 불러 모은다

우리 아버지 목쟁이 너머 개똥밭에서
씨감자라도 붙여먹을 요량으로

누렁소와 씨름하며 밭갈이 한창이다
마늘밭에서는 파란 싹이 제비부리만큼 오른다
이불처럼 덮었던 짚들은
아지랑이 아래로 속타듯 검게 타들어간다

청보리가 익어야 장리쌀 갚는데
봄은 더디기만 하다

---

* 충북 충주시 수안보면 미륵리와 경북 문경읍 관음리 사이로 삼국시대 때 고구려, 백제, 신라 등 삼국 병사가 대치하던 하늘재 석성.

# 3부
# 길들여진다는 것

## 착한 낙지

매콤 짭짜롬하다 못해
혀와 입술이 얼얼하다
땀까지 흘리면서
콧물마저 훌쩍이며
온통 네게 빠져 있다

착하지도 못한 게
떡하니 명함에 박아서
사기를 치고 있다

'네 죄는 네가 알렸다'
치도곤을 당하고서도
포승줄 감은 채
또 사기를 모의한다
고단한 황소도 일으켜 세운다는
농번기에

## 10월의 노래

너는
답답하고 졸린 듯한 바람을 밀고
청아하고 시원한 한 떨기
청량제로 온다

너는
천사의 준비성에서 읽히는
천의무봉 날개옷의 중량감도
어색하리만치 걸쳐진다

너는
하늘의 비늘을 털고
그리움은 여름날의 매미 허물인양
저 멀리 날려진다

너는
나무의 잎과 껍질로 뿜어내는
예지법 있는 보호색을
칭찬하기 서두른다

너는
토실하게 남실대는 금빛 물
동심이 물 위를 펼치듯 조용히 차오르고 있다

## 모룻돌과 망치

홍주골 문당 썩은 터에
호미 낫 보습을 만들어 준
농민의 진정한 사랑으로
풀무불과 망치로 평생을 사신
주병모 님

오늘 추억하기 위해
추모의 자리에 모였습니다

여덟 딸과 한 아들로부터
자손이 퍼져 수백에 이르렀습니다

구남매의 배우자들로
손자녀와 그 배우자들로
귀하신 당신의 뜻 기리
며세상의 모룻돌과 망치로 살아가렵니다

## 나무는 나 없다, 나 무(無)다

누가 나무에게 미동 없다고 구박하는가
누가 나무에게 말이 없다고 무시하는가
누가 나무에게 눈이 없다고 조롱하는가
누가 나무에게 생각 없다고 눈치 주는가
누가 나무에게 볼품없다고 얕보는가

나무는 바람의 발로 낙엽과 씨앗을
가까이 멀리 날려 보내고
나무는 바람의 설법으로 풍경(風磬)을 읊고
나무는 수십 리 밖을 내다보는 망대(望臺)이며
나무는 폭풍우에 몸을 숙이는 겸양(謙讓)을 알고
나무는 자연과 소통하며 인간에게 온몸으로 베푼다
결국 나무는 나 없다, 나 무(無)다 한다

## 가을비

가을비 치고는 세차게 내린다
새벽부터
뇌성벽력을 동반하더니
호랑이 장가가는 비다

하늘에 해 났다가 어둑해졌다
여우비가 틀림없다
찡그렸다 웃었다가
갈피 잡을 수 없다
비가 후두둑 떨어지면 우산을 펼쳤다가도
비 그치면 우산 접을 수밖에

해가 뉘엿뉘엿 서산으로 기우니
하늘에 쪽빛 바다 펼쳐지고
먹장구름 몇 점이 다도해 뒤엎는다

파란만장 한바탕 살고 가는
우리네 인생 닮은꼴이 영락없다

## 별애기뎐

본은 진주(晉州)
성은 강(姜)
성애기(星鶴)*는 스스로 밝힌 이름이다

구십삼 년을 가나문 한 마을에만 살았다

나고 자라 천(千) 문 봄빛[春炳]에 시집와
두 분 시부모 봉양하고
큰 조카까지 글방 훈장 모셔 공부시키고
오 남매 양육하고
종부 아니면서 종부 역을 하셨다

천 문의 살림 꾸려
하늘재에 만여 평 전답과
수만 평 임야를 남겼다

늘 조그만 체구의 별아기였다
학을 타고 별이 되어
하늘로 올랐나 보다

---

* 조모님

## 뒷목*

정미소 흥정이 벌어진다
"같이 묵어야제"
귀에 쟁쟁한데
우리 할배 떠나신 지
십년이 지났다

싸래기도 당연히 챙기고
당가루도 한 포대나 되고
왕겨는 다섯 포대다
수새골 아제 선한 눈이지만 어쩌랴
"그 대신 도정 삯은 한 가마 떼야제"
"고마유 자알 들어가셔유"

허허 뒷목은 솔찮이 잡았네
그려 그려 같이 묵고 살아야제

---

* 뒷목: 타작 후 풍구로 곡식을 정제할 때 뒤로 나오는 청치나 찌실개비.

## 별이 되기를 거부한 꽃들에게

꽃의 화원이 펼쳐지는 봄이다
지상의 수많은 꽃들이 미투(美鬪)를 한다

벌들에게 나비들에게 당했다고
움직일 수 없는 증좌(證左)를 가지고 있단다

꽃은 꽃일 때가 아름답고,
씨앗을 하늘로 날려 보내야
별을 만든다

별을 만든 꽃은
만고 우주의 바탕 에너지원이다

## 그때가 지금입니다

우린 가끔 '그때가 좋았지'
말하곤 합니다

그때 이렇게 저렇게 했으면
돈도 벌고결혼도 하고
출세도 했을 텐데.
그렇게 후회하지만

그때란 마술처럼 없지요
그때가 바로 지금
진정 오늘입니다

그때를 잊고
지금을 받아들입시다

오늘을 축복합시다
현실에 충실하여
내일을 꿈꿔봅시다

## 복권은 복권이 아니었다

계란 장수 남편이
번호나 맞춰 보라며
건넨 복권 한 장
50억 원에 눈이 뒤집혀
잘못된 사랑을 한다

딸아이 치과의사에게 병원 차려
시집보내고

못난 얼굴 성형해
뽀대 한 번 잡자

그러나 남편은 남 편하고
시어머닌 시 어머니 만들자

복권(福券)도 인간이 되지 않으면
오히려 화근이 된다

# 산촌 야경

소백을 넘어온 바람
거칠게 문풍지 밀어내고
귀곡성 읽어내는
산골의 삼경(三更)

백설은 온 산천을 덮고
차가운 월색(月色)이
서슬 푸른 장도(長刀)처럼
계곡을 가르고 있다

멀리 산짐승 배고파 우짖는 소리
산 부엉이 달 보고 주문을 왼다

서생(書生) 곰방대 터는 소리에 놀란
천장 반자(盤茨) 위의 서생(鼠生)들이
운동회를 여는구나

객(客)이 사랑(舍廊)에 들고자
밤새 문을 두드리나
안으로 잠근 문고리는 덜그럭거릴 뿐

## 송년(送年)

보내야 한다
가는 년(年) 잡지 않고 보내주자
오는 년(年) 거부 말고 기꺼이 맞자

삼백 예순 여 날 함께하며
가슴 조이며 울고 웃던
순간순간을 생각해서라도
신년(新年)으로 와서
송년(送年)으로 변했다고
절대로 서운할 건 없지

널 보내면
또 한 살의 나이를
택배로 받겠지
그리고 신년(新年)과 동행하겠지
그래도 너를 그리워하진 않겠다
또 부대끼며 살아야 할 날이
기다리고 있으니까

난 괜찮으니까
서운해 말고 부디 잘 가거라
그래도 우리 함께했던 2020이 생각나거든
너와 나의 해로 정점이었음을 기억해다오

## 바위손

천 개의 잎을 내어
만 개의 뿌리를
바위에 심는다

아무 말 없는 불목한에도
따스한 정이 스며든다
천 개, 만 개의 바위손 사랑

그래, 그래, 그래
바위에도 누군가의 관심이
존재의 의미를 심는구나

이 마른 가슴에도
푸릇푸릇 만 개의 손들에
삶의 의미 더하누나

## 벽소령의 달빛

고단한 달을 누이는 대피소의 밤
을씨년스런 한줄기 바람에
달은 벌써 움츠러들었다
라면 한 봉지 빨갱이 소주 한 병이 만찬이다

민초들의 고단을 아는 듯
혼돈의 시대가 아픈 듯
벽소령의 달빛이 휑하다
진동하는 동족간의 피비린내
빨치산이라 명명한 남부군의 역사
죽창으로 찌르고
총으로 죽이고

이제는 그 참혹한 전장이 국회로 옮겨 갔나
내로남불 한심한 신념론자들
색깔을 덧칠하고
종북으로 치장하고

사상을 입히고
저런 머저리들을 갈아 치워야지
끝날 줄 모르는 이 민족의 병폐
결국 힘없는 민초들이
촛불로 저항하며 바꾸었다

벽소령의 달빛 보며
그때의 상흔에 다시 흐느낀다
아전인수 지리한 논리 태워버리자고
우리 민초들의 척박한 운명
콜라보들에게 다시는 맡기지 않겠다고
또 다시 촛불을 치켜든다

잠 못 이루는
차가운 벽소령의 달
형제봉에 걸린다

## 휴대 않은 자유

지난 여름휴가 지리산 종
주 중성삼재까지 타고 온 버스에
휴대폰을 구례로 떠나보내고

함께하지 못한 아쉬움 떨치고
나보다 먼저 귀가한 나의 분신
노고단 운해도 반야봉 서들도
촛대봉 달밤도 영신봉 일출도
천왕봉 바람도 도반에게 맡기니

스마트폰에서의 해방
오히려 홀가분한 지리 종주
진정 휴가다운 휴가
어느 해 못지않은 멋진 추억

## 벌초 잔치

음터골 큰 산소 옆
가마솥에서 물이 설설 끓고
통돼지 한 마리가 목욕재계한다
객지의 집안 분들이
꾸역꾸역 집결하신다

벌써 큰 산소는
벌초꾼들의 낫 작업으로
대머리가 반쯤 되었다

머리에 인 아낙들의 광주리에
정성들인 반찬과 흰 쌀밥이
정오에 맞춰 도착한다
돌아갈 수 없는
넉넉한 정을 듬뿍 나누는
대문중 가을 잔칫날 풍경

## 친구

유년의 친구가 놀다가니
소년이란 친구 달려든다
보호받는 친구들 무던히 학습한다
하지 마라
먹지 마라
울지 마라
웃지 마라
놀지 마라
성가신 친구, 친구, 친구들이다

난 놀기 좋아하는데
하하하하하
청년이 친구하자고 한다
이성이 친구하잔다
달콤하게 뜨겁게 진하게 꼬신다
이성이 친구라는 건 허무맹랑한 강요
찾아가는 친구
노년은 어디에 있느냐
어떻게 해야 재미지고
잘 노는 친구를 만날까

## 꿈 깨!

시를 누에고치 짓듯이
그 안에 번데기처럼 들어앉는 시인

나방으로 고치 껍질 뚫고
세상 밖으로 나오지 못한 시인
시는 시시해지고
언어는 어눌해지고
시인은 시들해지고
그 센 박력은 어디로 갔는가
지지해졌는가

지루해진 언어의 절벽
언제 이 꿈에서 깨어날까

## 낙엽의 감정

우산을 받쳐 들고
지천으로 널리 흩뿌려진
비에 듬뿍 젖은 낙엽 밟으며
내 마음은 황홀해진다

단풍든 벚나무 잎
갈참나무 잎
화려한 개옻나무 잎의 변신에

나는 넋을 잃는다
홍능 숲에서 만난 은행나무
아래 낙하한 수많은 노란 낙엽
비로소 나는 황금빛 나비의 희망을 갖는다

이제 비바람의 손에
온몸 맡기고
어디인지 알 수 없는 길 떠나는
낙엽을 뒤로 하고
가을을 나서는 감정들

## 길들여진다는 것

나는 보고 싶음이다
온 천하를 돌고 돌아 달려온 바다라 해도
나는 자기에로의 회기이다
보고 싶어도
보고 있어도
또 보고 싶은
나는 그리움이다
영원한 사랑도
어쩔 수 없는 이별 앞에도
나는 어린왕자의 모태다

# 4부
# 알아듣게 말해

## 반려 혹은 동반

나는 오늘도 당신과 나란히 평행을 이루며 갑니다
가까운 듯 가깝지 않은
먼 듯 멀지 않은 거리

나는 시공을 함께 합니다
이때가 바로 공동의 공유
이 공간이 바로 서로의 공유
삐친 듯 쳐다보지 못함도
친한 듯 친숙함도 낯설지 않은
배시시한 웃음에 묻힙니다

나는 오늘도 스치듯 걸어갑니다

## 바지락 칼국수

제부도 하늘 아래
자갈 드나드는 소리
바지락 바지락
신선한 바지락 한 자루 빡빡 씻어
한번 고아내고 육수에 팔팔 끓여
칼국수 넣고 푹 삶아낸다
겉절이 배추김치 세로로 쭉쭉 찢어
칼칼하게 얹어 시식한다
바지락 국물의 효능은 간해독이다
술에 찌든 일상 풀어주고
꼬여진 하루 나른하게 정리한다
아, 오늘도 해는 검은 안식을 넘는다

## 천기누설

뚝 떨어져 나온 내 빈자리는
바스락 마른자리

내 바람기 잠재우고 울어 불어 지친
냉한 곳 버려진 황망한 습지

내 돌아앉은 더미 위에서 기운이
슬금슬금 항문을 간질이며
일어서라, 떠나라 나를 밀어낸다

머물 수 없는 내 존재가
강요하는 운명과 투쟁할거나

이미 축축한 버들수액은 침투했다
아무도 몰랐던 시인의 천기가 누설될까

## 일몰

일몰이다
누구에게 불려 가는가
누가 불러 오는가

저토록 눈부시게 발악하고 나면
힘 빠져 어이할거나

보낼 것은 보내자
맞을 것은 맞자
그러면 터널도 지나가리

## 오색에서 점화하다

오늘도
오색을 간다
대청을 오르려니
숨이 차고
머리에 지진이 나고
가슴은 터질 듯 펄펄 끓는다

대청 9부 능선에 오르니
용광로가 끓어오르고 있다

멀리서 몰려오는 산파도
내 앞에 와 멎는다
불현듯 정수리에서 점화되는 희열

## 매월당을 탄핵한다*

민주주의는 저항의 피를 먹고 산다
마침내 유사 이래
권력에 손바닥 비비며 살아간 자가
생육신처럼 기행이나 하며
저항 아닌 저항을 한 것으로
제 할일 다 한 것은 결코 아니다
드디어 유사 이래
촛불이 승리한 밑천은
민초가 권력을 끌어내린 거사

---

* 2017 촛불혁명

## 알아듣게 말해

다가가라
가까이
말을 하라
말을 들어라

이게 바로
접촉(contact)이고 연결(connect)이지

말로 해
알아듣게
혼자만 웅얼거리지 말고
혼자만 끙끙대지 말고

말을 해
말을 하란 말이야
쉽게 말해*

---

* 뚱하고 있을 때, 어머니가 항상 내게 하신 말씀.

## 상생

우리 몸도 우주입니다
도처에 수백억의 생명이 공존하고
상생하고 있습니다

우리 모임도 우주입니다
공생 없이는 이미 쇠한 조직입니다

너무 과해도 안 되고
너무 부족해도 안 됩니다
있는 듯 없는 듯
과부족이 표시 나지 않는 것

상선약수라 하지 않던가요
감사합니다

## 램프

남폿불 밝혀들고
시오리 마중 길에
오려니 여기신 님
그리며 내달은 길
어언간 장터로구나
어찌어찌 돼갈까

## 삼동야화

한겨울 깊은 밤에 바람소리 매섭다
차디찬 백색 달이 건너다 멈춘 처마
고드름 회초리 되어 내 마음을 때리네

## 강 같은

강은 나무다
하늘에서 내리시는
모든걸 묵묵히 받아 섬긴다

그리고 바다로 보내듯
지중에 뿌리를 심는다

강은 나의 계보도다
먼먼 조상에서 내려온
인자를 모시어 나를 세우고
그리고 자자손손 내려서
위대한 후손을 바다처럼 낸다

강은 만고의 역사다
작은 실개천이 모여
내[川]를 이뤄, 바다로 내는
역사를 쓴다

## 꿈보다 해몽

빙산의 일각,
의식이 주는 미소한 표현으로의
작은 이미지,
꿈
우주적관으로 무의식의 대 파노라마,
꿈
꿈꾸는 자의 지나온 세상,
현세와 내세의 결정적인 꿈

해몽은 긍정의 힘일까
꿈보다 해몽인 까닭

## 구절초

시는 어머니다
산속에 핀 구절초 같은

젊어선 다섯 마디로
바람을 지키다

이제는 아홉 마디로
비람을 지키는 어머니

## 소멸을 말하다

정반합의 원리는 분열과 통합이어라
비련에서 사랑이 소멸에서 충만이
맨 아래 최저점에서 벅차오른 회복이라

## 소나기 맞다

소나기를 맞이하는 방법은 두 가지
피하지 않고 즐기는 반항의 미학
온몸으로 맞아 즐기는 포기의 미학

우리가 보통 맞이하는 방법은
우산을 받고 가는 것

다른 하나는 시간의 우산을 사용하는 것
비와 비 사이로 가는 일이다

## 태풍

태풍이 완장을 차고 으스댄다
얼차려를 시킨다
모두 다 머리 박앗!
기상!
취침!
반복 구령이다
열받아 있는데 이게 뭔가

군기가 바짝든 신병도 아닌데
뭘 모르고 저러는 거겠지?
하여튼 완장이 문제야
엿이나 먹어라
지가 무슨 대단하다고
착각이라도 하나 보다

하극상도 극치를 향해 간다
'링링' 낭자도 못 이기고
결국 두타에 '타파'되면서
'미탁'이라니
아직도 완장의 계절은 여전하
다제 분수도 모르는 이 놈
태풍아 물렀거라 이 놈!

## 달타령

장독 뚜껑 고인 물에 잠긴 그대
어이타 갈 곳 없어 온 밤을 헤매다
삼경에야 임의 잔 들어앉더니
어디로 옮겨 갔나

가던 길 웅덩이에 비치더니
어이타 임의 두 눈 쳐다보니
그곳에도 들어앉았네

저 건너 저수지는 어쩌자고 잠겼는고

이백이 동정호에 편주 띄워 노닐 적에
비늘처럼 이는 바람 물결마다 스며드니
일만의 빛 더불어서 적적함을 거뒀도다

개구리들 서럽도록 떼거리로 통곡할 제
그 소리 흔들리며 그 빛마다 스며들어
계단 논 아홉 다랑이를 그득그득 채웠구나

## 갓 망건을 바라보며

옛 분들의 갓 망건 도포
차려입은 모습에서
세상을 한껏 사랑하고
짧은 한평생 뜨겁게 살다간
매미가 읽힌다.

세상은 아직 그래도 살 만한데
떠나며 남기신 그 갓 망건이
매미의 날개로 돋는다.

## 울릉, 그 날

한 더위도 다 가는
팔 월 말경잠자리에 누웠는데
갑자기 오한이 시작되었다

아뿔싸 급체한 거다
배고파 허겁지겁 먹은 게 탈
복숭아 한 개
식은 밥덩이 한 술
탁자에 놓인 빵 두어 조각
사과 한 알
이게 다인데

이불을 뒤집어써도
온 몸이 꼬이며 덜덜덜
한참 지나 심한 트림 후
정상으로 복귀되었다

1983년 울릉도 여행 때
풍혈 근처에서 만난 토사곽란이
불현듯 떠오른다.
그때 그 노부부는 잘 계신지
자제 분은 잘 사는지
나를 구해준 그 날 그 집이

## 안개 눈

어스름 달빛 따라
걷는 길에
그를 만났다

골바람이 세차게 밀어 올리는
계곡 길에

가쁜 숨 몰아쉬며
새벽을 오르는데

안개가 눈처럼
천지간에 하얗게 울고 있었다

# 5부
# 아버지의 술

## 시렁과 횃대

옛 기억 속의 안방 아랫목엔
기다랗게 앞문 벽에서 뒷문 벽까지
제법 굵은 두 개의 막대가 벽을 관통한다
여인네 비녀처럼

시렁은 주로 메주를 달아매어 띄우고
아이들이 가끔 매달려 놀기도 하는데
어른들 머리 위라 비워두는 게 대부분

굵지 않은 막대기 줄로 매어 놓은
방 모퉁이 횃대
주로 의복을 걸쳐두는데
재간둥이 손 그네처럼 정겹다

시렁과 횃대는 지워지지 않는
다정한 우리 고유의 풍물

## 세월 아이

세월은 가고 옵니다

어제는 가고
오늘도 오가고
내일도 오고
또 다가옵니다.

아이로
주인으로

## 시와 수필

시는 은유다
살짝 가려서
'아하' 깨우치게 한다

수필은 사유의 산책이다
떠오르는 생각의 편린을 모은다.
한가하고 자유롭다

시는 운율과 감동의 노래다
수필은 실을 꾸리로 정리하는
과정이며 힐링이다

그러나 비판하지 마라사나
워지는 마음을 어찌하랴

진무하고 격려하고 감동시켜라
시선(詩仙)은 아니어도
인간적인 사랑으로.

## 차 한 잔

산꾼의 차 한 잔은
잠시 잠깐 쉬는 가운데
상큼한 한 가닥 바람

구도자의 차 한 잔은
깨달음의 막을 깨는
일순의 열림

연인들의 차 한 잔은
미지의 세계로 이끄는
그들만의 첫 만남

## 증조부님의 보약

항시 막걸리를 차게 드시지 않으셨던
증조부님

꼭 한 사발 채워 드신
증조부님

꼭 세 번 반주로 드신
증조부님

지금 돌아보니
약주를 드셨고
보약을 드셨고
장수 약을 드신 거였군요

아흔 여섯까지
한번 아프시지 않으시고
소천하셨으니…

나 역시 오늘도
그 약을 들고 있구나

## 아버지의 술

전혀 술을 드실 줄 모르셨던
아버지

그러나 우리 집을 찾은 손님들은
모두 거나하게 홍조를 띠며
돌아가곤 하셨다
아버지의 권주 기술 덕분이었다

당신은 못 드시면서도 어찌
그런 기술을 가지고 계셨는지,
술 없는 세상으로 가신 지
십 수 년이 지났지만,
아직도 내겐 풀리지 않는 수수께끼다.

난 오늘도 여태 못 푼 숙제를 한다

## 따릉개이

지금은 어디에 있을까?
감자 바가지에
항상 감자와 감자 껍질에
묻혀 있던
놋쇠 숟가락
잎이 반쯤 닳아 없어진
기형의 모습

밥투정 일쑤였던 시절
쌀은 한참을 뒤적여도
찾기 어렵고
불어터진 보리,
조와 감자 고구마로
으깬 밥이 대부분인데
지금 생각하면 건강식인 것을
그 모지랑 숟가락 따릉개이가 그립다

## 사악의 바람

사악의 바람을 맞고도
고통과 굴종의 속에서 피어오른
그럼에도 저버리지 않는 의(義)의 꽃
축복이다

뱀의 유혹에
무너진 아담과 이브의
부끄러움이 핀
원죄의 꽃

땀과 고통
정죄(定罪)이다

## 물

우리의 세계는
둥둥 떠다니게 하는
물로 살아나게 하고
그 물로 죽어 분해되게도 한다

노아의 대홍수로 말하는
정죄 그 후로
다시 전 세계로
흩어지게 한
수많은 민족들은
물의 두려움과 감사의
세례도 겹치는데

우리는
이 물을 벗어날 수도
없는 운명이다

## 4월의 시작

꽃샘바람에서 일어나는
4월을 본다
백두대간이 백설을 잡고
겨울 영토를 하루 더 연장하려 한다

뚝방길 개나라들이 노랗게 일어나
파랗게 질리는 4월을 음미한다
시새워 터지는 벚꽃에서 절정에 이룬다

온 산을 진홍으로 피워내는 4월을 본다
두견도 울다가 스러지고
혼불로 터지는 겨레의 산은
싱그러운 생명의 들불로 피어난다

쑥부쟁이 민들레 냉이 고들빼기 고사리
양귀비 라일락 제비꽃들에게도
어김없이 4월은 왔다

## 목심(木心)

염록소의 지배에서 벗어난
측백나무의 속을 열어 보라
햇볕 받지 못하는
어둠의 세상이 자리하고 있노라

하늘 높이 솟은 잣나무 숲속을
낙엽송 우거진 숲속을
들어가 보라햇빛 받지 못하는
숲의 그늘에는 풀 한 포기조차 없지 않는가

600년 수령의 고목들
그 속을 들여다보라
빈 속은 굼벵이 서식지요
미생물의 천국 아닌가

나무의 속에는
또 다른 세계가 숨어 있다

## 새 농사

산삼 발견한 소백산 심마니
대박 났다

새 한 마리 풍기 인삼 씨앗 먹고
산속에 배설 파종하고
그 씨앗 자라
수십 년 수백 년 되어
산삼이 되었으니
천종산삼이라 한다
산삼을 만들어낸 거네

소백산에 미니 산 조개가 산다 하네
새 한 마리 조개 먹고
이곳에 뿌려 생육 번식되어
산 조개 되었네

하늘을 나는 새
만 생물을 옮기고 전파하여
생명 번식에 일익을 다하였네

## 월악의 설화

꽃샘과 미세먼지의 습격으로
우울한 시간을 보내다
눈이 온다는
반가운 어머니 전화를 받다

충주역에서 이른 아침
버스에 오른 지
채 한 시간도 안 되어

상고대와 설화가 만발한
지릅재에 다다르니
탄성을 자아나게 한다

속까지 후련해지는 풍경에
어여쁜 설화 아씨들이
한껏 자태를 뽐낸다

하늘재로 향하는 발걸음은
아무도 가지 않은 순백의 처녀 길
나아가면 갈수록 달뜨게 한다

삼월의 크리스마스가 펼쳐지듯
평화로운 축복으로 안겨온다

## 봄의 강

봄 찾아 걸어와선
한 물감 풀어 그린

봄세월 은하 건너다
애먼 달을 잡는고
꽃바람을 흩는고

봄바람 난 내 심연을
그대 어이 벗어날거나

## 늦은 방문

작년 이맘 때 결혼해 나간 딸애 집을
가본다고 하면서도 이젠 더 미룰 수 없어
아내와 함께 뜻깊은 삼일절을 기해
부산행을 감행한다

나선 지 두어 점이 지나 도착한
남도항은 이리도 가까운데
왜 이리 늦었는지
자못 아이 부부에게 미안하다

이미 선뜻 다가온 봄이
만개한 꽃들을 길러 내고
우리 이렇게 잘 살고 있노라
아무 걱정 마시라는 듯하여
위안이 되다가도
얼마나 마음 졸이며
한 해를 살아왔을까 생각에 이르니
또 미안하다.
더 좋은 관계를 가져 보자구나
간절하게 바라고 원하던 일출풍광
한반도에 가장 먼저 아침이 열리는
동해라 간절곶 임해 다시 보니 행복하다

## 박스 파리

박스 하나 거리에 떨어져 있다
날개 없는 파리들이 뒤뚱뒤뚱 날아든다
노령연금 이십 만원으로 입에 풀칠하기도 어렵다
300원짜리 연탄 몇 장 장만하기도 어렵다
고작 7천원 나오는 전기세 내기도 어렵다
그래도 산목숨이니 함부로 죽을 수 없다
추운 날도 궂은 날도 가리지 않고
박스 수집해 돈벌이에 나선다
뭐든 주워 팔아야 사는 파리가 되었다
한 때는 번듯한 샐러리맨이었다
듬직한 부모였다
번듯한 자식이 있다하나
하루하루를 걱정하는 파리가 되었다

## 황석어 탕

색이야 색이야 황색이야
어찌하여 서울까지 올라와
이리 누워 있나
뜨거운 물에 누운 네가 애닯구나
청양고추 들어가고 무도 들어가고
어찌어찌 이렇게 누워 있나
말하기 힘들 지경이 되었으니
그대로 잠들거라
펄펄 뛰는 고기들과 지날 때는
언제든지 그렇지만
이제는 객사 하고 남을 위해 헌신한다
축하한다
세상을 위해 드디어 일어섰다
황석어 탕에 복날은 간다

## 세상과 통하라

세상과 잇는다
일을 하려다 보니 네트워킹
문서 수발하려니 이메일
사진을 저장하고 보내려니 갤러리
동영상을 보려니 유튜브
수금도 하고 송금도 하려니 가상결제
모든 게 손 전화 스마트 네트워킹으로
끊임없이 진화한다
하루도 지낼 수가 없다 이거 없이는
글도 책도 이야기도 '얼굴 책'도
하나로 모아 준다

## 도둑비 ME TOO

밤새 감사하게도
님이 다녀가셨습니다

꼬리를 자르고 표시도 없이
조요(照曜)하게 살짝 그렇게

도둑과 처녀는 말하지 않아도
합방(合房)을 소리 소문 없이
치르고 말았습니다

자연스럽게

## 길 떠나네

갈 길 멀어
떠나네

설마 하다
행장도 못 챙기고
떠나네

돌아올 기약도 없이
떠나네

올 땐 움켜지고 소리쳤지만
갈 땐 손바닥 펴고
길 떠나네